Wilhelm Genazino · Barbara Kisse

Vom Ufer aus

Wilhelm Genazino
Barbara Kisse

VOM UFER AUS

Steidl

1. Auflage September 1990

Umschlaggestaltung: Klaus Detjen
Gesetzt aus der Bembo der H. Berthold AG, Berlin.
Herstellung:
Steidl Verlag, Düstere Straße 4, 3400 Göttingen
ISBN 3-88243-159-8

Wo eine Ahnung ist, wächst die Sehnsucht

Das Wunderbare geschieht, wenn wir etwas bemerken

In einem Garten ein vergessener Ball

Das linke Auge pocht, das rechte ist ruhig

Wenn ich Muße habe, ist der Tod nicht da

Wer Programme aufstellt, ist verloren

Kunst ist das Verlangen, mit einem Tier zu sprechen

Klugheit ist kein Ausweg

Es gibt keine hohen Räume mehr

Wie schön der Wind den Frauen in die Haare stößt

Einsamkeitsschule

Melancholie, weil ich zuviel erlebt habe

Wie müde bin ich es an manchen Tagen, die Sprache richtig zu verwenden.

Vom Tisch eines Cafés fällt ein Salzstreuer herunter. Eine Frau hebt ihn auf. Ein kleines Häuflein weißer Salzkörner, die beim Aufprall herausgefallen sind, bleibt zurück. Immer wieder schaut die Frau auf den kleinen weißen Hügel auf dem Boden.

Glücklicher Schreck

Ich schenke mir ein Glas Wein ein, aber ich bin unachtsam und hebe die Karaffe nicht rechtzeitig in die Höhe, ein wenig Wein läuft über. Wie immer beglückwünschen mich die anderen zu meiner Vitalität; nur ich weiß, daß ein Schmerz, dessen Name ich suche, über den Rand getreten ist.

Kaum ist etwas passiert, schon müssen wir dem Geschehen nachschauen; die Betrachtung des Verschwindenden ist die verbindliche formale Bedingung des Erkennens.

Nur in der Musik ist den Frauen das Schreien erlaubt

Ein Meer und einen Mund finden wir immer

Oft ist Kunst nur ein anderes Wort für Abwesenheit

Der Falter fliegt in das Zimmer
das Kind nagt am Handtuch
das Feuer ist nicht am Dach
die Katze wechselt das Kissen
es wird Mittag wie immer
aber sag,
warum stößt der Briefträger sein Rad
in den Busch?

Das Fehlende können wir klagend, aber auch triumphierend einfordern.

Verschwinden macht zart

Nur Kindern ist der begründungslose Abbruch von Beschäftigungen erlaubt

Viele Tauben haben verstümmelte Füße; sie humpeln, als kämen sie aus einem Krieg.

Ein Kind greift wollüstig in die weichen, feuchten und kühlen Blütenblätter

Manchmal ist der Gewitterdonner so nah, als würden mit himmlischen Axthieben die Häuser gespalten; etwas weiter weg poltern die Berge davon.

Infiltration ist das häufigste Muster des Lebendigen

Wir sind nie genug anerkannt

Die Schafe halten die Köpfe gesenkt und fressen. Mit viel Lärm rauscht ein Zug vorüber. Kein Schaf blickt auf.

Zuerst ist die Flamme der Kerze klein und rundlich wie ein Blatt. Dann streckt sie sich und wird lang und schmal wie ein Stilett. In ihrem Inneren ist ihr Licht golden und gleißend. Unten zeigt sich ein blauer Flaum.

Im Halbdunkel sehen Augen noch gespenstischer aus

In Schrebergärten wehen deutsche Fahnen

An Tagen großer Scham habe ich eine andere Handschrift

Ein Park ohne Hoffnung

Leichter Schmerz beim Füttern der Schwäne

Das Entzücken der Kinder an Tieren ist so groß, daß wir uns nicht vorstellen können, wie die Kinder wieder zu Menschen zurückfinden sollen.

Die Konfusion ist seriös

Menschen, an deren Kleidung ein Knopf fehlt, fühle ich mich brüderlich verbunden.

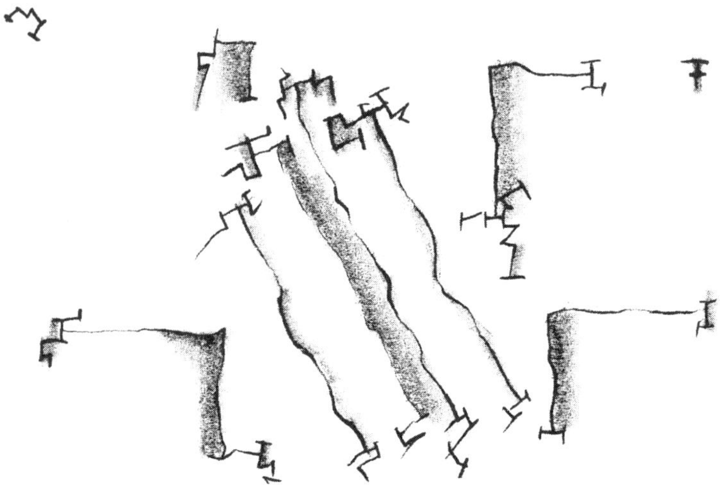

Wie wäre es, wenn es überhaupt nichts Unbekanntes auf der Welt gäbe und es nur die Aufgabe der Menschen wäre, in das Bekannte hineinzufinden?

In der Ungenauigkeit, in der alles geschieht, liegt die Unermeßlichkeit des Verstehens.

Eine Frau dringt mit zwei gestreckten Fingern in eine Orange ein.

Die innerlichste und deswegen fürchterlichste Gefangenschaft: die Idee, Bescheid zu wissen.

Ich höre ein paar Leute, die mich nur deswegen aggressiv stimmen, weil sie dröhnend lachen. Ich übersehe, daß ihnen ein solches Lachen nur einmal möglich ist, und diese Möglichkeit ist jetzt. Schon ein Jahr später haben sie nicht mehr *diesen* Grad von Gemeinschaftlichkeit.

Kunst erinnert uns daran, daß unser Wissen mit unserer Sehnsucht nie übereinstimmt

Vermischung von Laune und Manie

Wenn wir schon im Chaos leben müssen, dann unbedingt im eigenen.

Der Grund der Häßlichkeit: Nichts darf mehr eindeutig sein. Eine Wartehalle soll aussehen wie eine Bar, eine Bar soll aussehen wie eine Yacht, eine Yacht soll aussehen wie ein Salon, ein Salon soll aussehen wie ein Palast.

Es donnert und regnet und blitzt. Im Hof spielen Kinder. Immer wieder rufen sie in den Himmel hoch: Lieber Herr Donner, sei doch wieder ruhig! Liebe Frau Blitz, sind Sie nicht so aufregt!

Auf einem Rummelplatz sah ich einen jungen Mann, der ein kleines Kind bei sich trug. An einem Schießstand legte der Mann den Säugling auf den Tresen und ließ sich ein Gewehr geben. Er schoß sechsmal. Jedesmal, wenn die Schüsse losgingen, schlug der Säugling die Augen auf und schloß sie wieder.

Am Ende der Rolltreppe wird dann keine Straße mehr sein, sondern ein plötzlich erbautes Gefangenenlager. Ein Posten wird mir mit dem Gewehr den Weg weisen. Ein anderer Posten wird mir sagen, wo ich warten muß und in welchem Loch ich zukünftig leben werde. Oben, wenn ich die Rolltreppe verlasse und die vertrauten Bilder der Straßen und Häuser erscheinen, verschwindet die Zwangsvorstellung.

Bald werden in den Städten öffentliche Ruheräume nötig sein, in denen man für zwanzig Mark eine Stunde lang nicht angesprochen, nicht erschreckt, nicht abgelenkt und auf nichts aufmerksam gemacht werden darf.

ein paar ins Haus gewehte Blätter

der lange Weg der Ameisen

immer mit Entfernung befaßt

Möwen wundern sich nicht über den Nebel

Ahnung und Ereignis

Jederzeit haben wir Appetit auf Schuldige

Niedergetretenes Gras weist den Weg

Niemand ohne Appell in der Hand

Das große Sofort, das bittere Unbedingt

Das Berühren der Waren macht uns gleich

Einzelsitze im Glück

Wo müssen wir anstehen
damit es wiederkommt
das Eidechsengefühl:
Liegen auf heißen Steinen
feindlos

Die Erfindung der Wunden

Augenblicke, die das Leben bedrohen, weil sie zu klar sind.

Die Gewöhnung der Tiere an das Filmlicht

Wer Glück hat, glaubt gerne, daß er nur das hat, was die anderen sowieso haben.

Sie schaute sogar nachts in ihren Briefkasten, so brennend erwartete sie Nachrichten.

Auf einer Parkbank lasse ich eine alte Jacke von mir zurück. Ich betrachte das Kleidungsstück aus einiger Entfernung und »gebe« es »auf«. So sieht etwas von dir aus, wenn du selber nicht mehr da bist.

Das Ins-Leben-Rufen der Wünsche

Wahrscheinlich aus Furcht hört ein Kind auf zu singen, als ich mich ihm nähere. Ich fange selber an zu singen, um dem Kind die Furcht wieder zu nehmen; es gelingt nicht.

Glück: Eine Idee

Begierde bringt Einsamkeit hervor

die ungelernten Gefühle

es war ein Fisch
ein Fisch in deinem Auge

Kommt der Schwindel vom langen Blick
in die Bäume?
Vom Geräusch der Schaukel am Ast
Oder ist es nur das Licht der Sonne
in den Haaren des Kindes?

barfuß

Wieder gefrorenes Brot in den Bäckereien

Das große Projekt der Lächerlichkeit

In der U-Bahn öffnet eine Frau einen Briefumschlag. Aber es kommt kein Brief zum Vorschein, sondern nur eine Werbedrucksache. Ein paar Augenblicke lang hebt die Frau den Blick und schaut auf die grauschwarz vorbeifliegende Wand des U-Bahnschachts. Dann liest sie den Prospekt *wie* einen Brief.

Langeweile ist zurückeroberte Zeit

Einfälle entstehen durch langes Schauen

Die Menschen sind besser als ihre Bedürfnisse

Grenzenloses Recht auf Unentschlossenheit

Machtlose Erregungen

Die Eile kommt aus der Unwissenheit

Die Welteinsamkeit und die Sofortbildkamera

Bemerken wir, wenn wir in unser Todesjahr eintreten?

Wenn kleine Kinder weinen, wollen sie sich mit der *ganzen* Hand in den Mund fassen.

Über vieles, was sich ereignet, möchte ich lachen; dabei will ich nicht schuld sein an dem, was ich sehe.

Größter Feind: Unerbittlichkeit.

Vollständig abgedrängt sein; so, vielleicht, können wir uns den Beginn von Verrücktheit denken.

Der Hohn über den nachlassenden Künstler lockt viele

Ein Verhältnis zur Vergeudung finden

Oberstes Menschenrecht: Vom Staat in Ruhe gelassen werden.

Hier bin ich, *dort* ist mein Erlebnis

Das Werk ist die Entschuldigung des Künstlers für seine Entfernung von den anderen Menschen

In Zeiten bedrohter Individualität rücken Nebensachen in das Zentrum; es wird dann wichtig, was man in der Hosentasche mit sich herumträgt.

Ich lese eine Seite in einem Buch und schaue dann aus dem Fenster; die gelesene Seite schaut mit.

Todespfeile schwirren umher

Die süße Speise des Zögerns

Schöner deutscher Ortsname: Landstuhl

Tumultartig bewegte Unnahbarkeit

Heiterkeit beim Anblick eines kleinen Schiffs

Es gibt Sätze, die ich nicht lesen kann, ohne sie sofort nachsprechen zu wollen.

Durch das Geräusch des abfließenden Wassers verschwindet die Fremdheit des Zimmers

Innere Monumente

Die verbreitetste Lebensart: das Sich-treiben-lassen

Wir können auch an Selbstbewußtsein verwahrlosen

Mißtrauen gegen Autoren, die nie ihre eigene Geschichte erzählen

Fehlende Dauer

Mit achtzehn steckt die Distanz zur Welt im hochgeschlagenen Mantelkragen; so einfach ist es nie wieder.

Schöner Tiername: Gnu

Ungeschaffenen Werken gegenüber muß man so tun, als seien sie schon da

An den Enden der Litfaß-Säule, ganz oben und ganz unten, wächst Moos; dazwischen erfahren wir das Allerneueste.

Immer wieder kehrte der Einsame in die von ihm verlassenen Verhältnisse zurück

Der Regen ist ein großes zartes Tier, ein einziger zusammenhängender Leib, der von hier nach dort wandert

Die Scham beim Schreiben ist eine doppelte. Die erste wendet sich nach innen und ist eine Reaktion auf die laufende Selbstentblößung. Die zweite richtet sich nach außen und ist der Versuch einer Entschuldigung dafür, daß jedes sich fortsetzende Werk den Charakter der Freiwilligkeit verliert.

In der Todesangst vergessen wir, daß wir sprechen können.

Sogar der Ernst ist ein Schwindel

Literatur, Natur und Weltsorge

Wessen Öde ist zuerst da: die eigene oder die der anderen?

Die Feststellung dessen, was wir nicht mehr mögen, ist vielleicht die einzige Form von Gewißheit.

Sich durch das eigene Erzählen betrogen fühlen

Kunst ist tätiger Schmerz

Das Buch möchte, indem es gelesen wird, das Leben des Lesers interpretieren; der Leser duldet diesen Zugriff nicht und interpretiert statt dessen das Buch.

Das Problem jeder fortlaufenden Beobachtung: den Zusammenhang, den sie stiftet, gibt es nicht.

Auf dem weißen Papier bildet sich ein Fleck, der das Blatt nach links verläßt, eine Weile im Zimmer umherschwebt und dann auf das Blatt zurückkehrt.

Die unerhörte Allmählichkeit

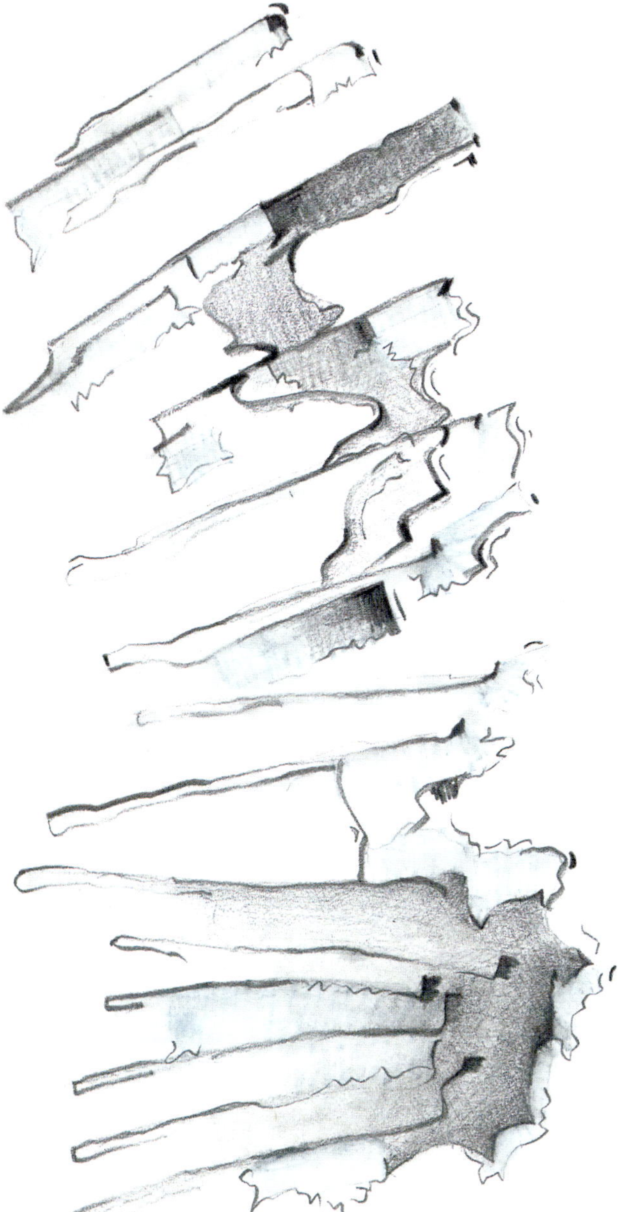

die Lockung

An manchen Abenden zuckt in allen Lampen das Licht

Dem Meer beiwohnen

Hüte dich, deine Bewegtheit zu erklären

Das Meer, von sehr weit oben betrachtet, ähnelt der Haut eines alten Tieres.

Für jeden Menschen gibt es etwas, wovon er nichts wissen will

Die Aggression, die in der Wohltat steckt

Die Gier der Amseln

Es gibt kein Recht auf Beifall

Schreiben ist eine Auseinandersetzung mit früheren Annahmen über das Schreiben

Immer wieder leben wir im Undurchschauten

Noch empfindlicher als Menschen sind Länder

Die Mutter rühmt das Kind ins Bett

Wer traurig sein will, muß sich ein Tier anschaffen

Wir können in Texte nicht so eindringen wie diese in uns

Ein grenzenloser komischer Raum

Über eine Reise können wir nur einmal gut erzählen; es fällt uns nur einmal so komplett ein, wie die Bäume und wie die Blätter waren, das Licht und der Wald und die Stimme des Bäckers.

Die Augen sind Kugeln, die uns nur zum Spiel gegeben sind.

Immer wieder wollen wir alles sagen; dann ergeben sich neue Gründe für einen Aufschub.

Kein Kind weiß, daß es eines Tages fliehen muß

Was bin ich durch mich selbst, was bin ich durch andere?

Er lebte nur aus Versehen auf der Erde

Mit dem Beobachten setzte wieder die Trennungsarbeit ein

Endlich hatte er die Verhältnisse gefunden, die er lebenslang bekämpfen konnte.

Dämonie des Alltags

Die Art, wie aus der Wiederkehr bestimmter Gefühle langsam eine Privatordnung wird

Er spürte den Drang, sich von allem zu entfernen, was je unter Menschen geschehen ist

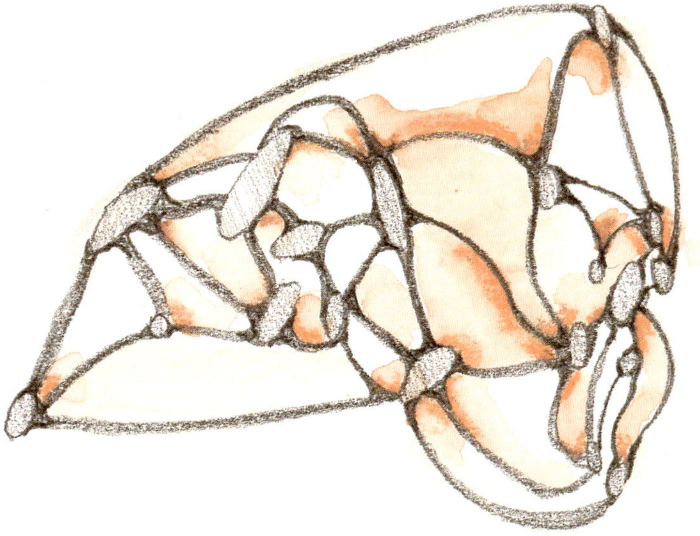

Das Kind fragt: Darf ich nächstes Jahr wieder auf die Welt kommen?

Große Kunst nimmt Stellung zu dem, was wir nicht wissen.

Kein Schreck ist formulierbar

Ziel: Jeden Tag wissen, was uns gemäß ist

Wir können nicht alle Rührungen bemerken

Musik kann in eine Landschaft passen; ein Text nie.

Niemand will als letzter einen Park verlassen

Der Schriftsteller wird immer gerade beachtet und immer gerade vergessen und immer gerade verleumdet

Traurig schaut das Schokolade essende Kind auf die winzigen Schokoladensplitter, die auf die Straße gefallen sind.

Das falsche Beharren

Kein Leben läuft nach inneren Plänen ab; dennoch können wir nicht aufhören, an solchen Plänen zu arbeiten.

Nur Märtyrer müssen sich an alles erinnern

Er versteckte seine Realität hinter neiderwecken-den Projekten

Alles, was er nicht wußte, hielt er für bösartig zurückgehaltene Geheimnisse

Unfähigkeit kann man nur aus der Ferne ertra-gen; von dort kann man sie sogar bewundern.

Alles ist unsicher, nichts ist gefährlich

»Traum vom Glück«: Freiheit von Vorstellungen

Als sie bemerkte, daß sie endgültig von der Einsamkeit erobert worden war, kamen ihr alle Menschen bekannt vor.

Unglück imponiert nur den Unglücklichen

Die Scham bleibt ewig jung

Niemand sagt den Menschen ihre Begrenzungen

Der moderne Mensch soll alles mit allen teilen; gegen diese Zumutung hilft nur Selbstentzug.

Man muß sich vor zuviel Zustimmung hüten

Wann werden wir einen solchen Satz sagen können: Beachten Sie mich bitte nicht, ich bin in Gedanken.

Die endlose Enttarnung

Niemand durfte seine Überzeugung anzweifeln, daß das Leben jeden Tag zu retten sei.

Mit Leidenschaft machte sie immer wieder die gleichen Fehler: Im Zusammenhang des Mißlingens erkannte sie ihr Ich.

Leben wird immer mehr eine Vorführung

Die Stadt liegt da wie totgeredet

Wer vor den anderen flieht, sollte vorher sich selbst getroffen haben

Die Billigempörer

Das Vermißte und das Verlorene führen einen gemeinsamen Tanz auf

In unserem Inneren blicken wir immer auf dasselbe; noch dazu als der einzige Zuschauer.

Von Kindheit an kennen wir uns in unserem Unglück besser aus als in unserem Glück

Nichts verschwindet, alles bleibt

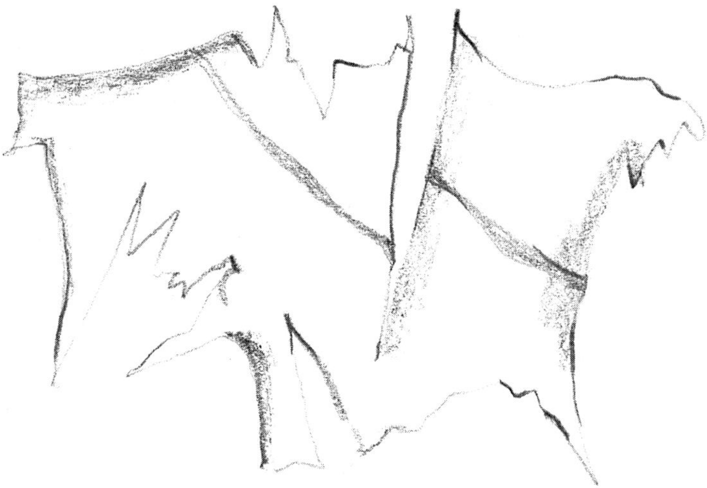

Sie sahen nichts, sie hörten nichts, sie verstanden nichts; sie wollten nur ihre Meinungen sagen.

Leben in Anerkennung des großen Ziels: todesgemäß; ohne Kampf, ohne Aufstand, ohne Trost.

Das Verschwiegene steht in keinem Verhältnis zum Aufwand des Verschweigens

Sie behandelte ihr Kind, als müßte sie einen Erwachsenen bekämpfen

Im Nebenzimmer saßen drei Saxophonisten, zwei Liedermacher, drei Clowns, zwei Dichter, ein Pantomime

Weichen die anderen vor uns zurück oder wir vor den anderen?

Die Aufgabe ist, das Ungenügende genügend zu finden.

Äußere Langsamkeit, innere Eile

Die nicht bekannt werdende, unnachahmliche Handlung

Urzelle der Langeweile: Die Natur setzt nicht fort, was sie mit uns begonnen hat.

Welcher Zwang ist der meine?

Das kunstvolle Überleben des lernunwilligen Kindes in uns

Wir werden sogar von unseren Schmerzen genarrt

Der Künstler kündigte sofort weitreichende Enthüllungen an

Die Verlorenheit erreicht hier weltstädtisches Niveau

Was wir lange anschauen, beginnt eines Tages in uns zu sprechen

Können wir einer Landschaft den Sonntag ansehen?

Eine Zuneigungseintreiberin

Es gefiel ihr, wenn Menschen zu ihr sagten: Guter Gott, wie schlecht sehen Sie heute aus.

Warum ist Reflektieren kein Schulfach?

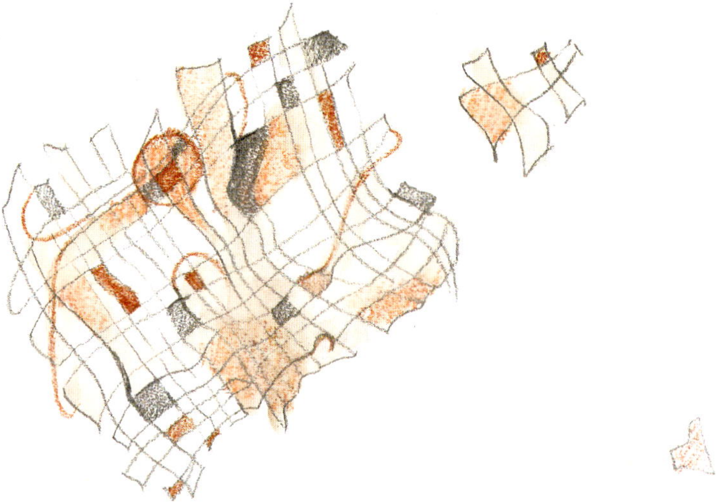

Ich wiege 22 Kilo und eine Minute, sagte das Kind

Die Jacke am Schrank sagt: Zieh dich an, geh weg

Das Bedürfnis, eine halbe Stunde lang zu humpeln

Erst brennen die Lippen, dann die Haare

Kitsch entsteht, wenn Frauen im Haus gehalten werden

Die Subversion der Öde

Wie ein Schiedsrichter wollte er in den Tag hineinlaufen und sagen, was sein darf und was nicht.

Ideal: Souveränität trotz fortdauernder Belehrbarkeit

Die Unmenschlichkeit der vollkommenen Werke

Er benutzt das Chaos, um sich darin auszuruhen

Langeweile ist die Selbstankündigung einer Ruhe, die wir dann doch nicht annehmen können

Niemand wird verrückt; alle gehen langsam auf ihren Tod zu.

Unheimliches Umherwandern in mir selber

Der tiefste Grund für Einzelgängerei ist Scham

Es ist ein Unterschied, ob wir zu Hause oder auf der Straße denken

Man darf sein Verschwinden nicht dem Tod allein überlassen

Kaum bemerktes Fortschreiten

Kampf um Abwesenheit

Plötzlich ist es klar: Du schaust nicht mehr die anderen an, die anderen schauen dich an.

Wegen ihres hoffnungslosen Lebens interessieren mich immer mehr die Tauben

Nur Künstler rechnen damit, daß in ihrer Umgebung etwas Außerordentliches geschieht

Plötzliche Sprechunlust

Pessimismus braucht keinen Grund

Wollhandschuh im Schnee

Immer leben wir in der Nähe von Wänden und Mauern

Tiere interessieren sich nicht für Menschen

Noch immer suchen wir Gründe für unsere Unruhe

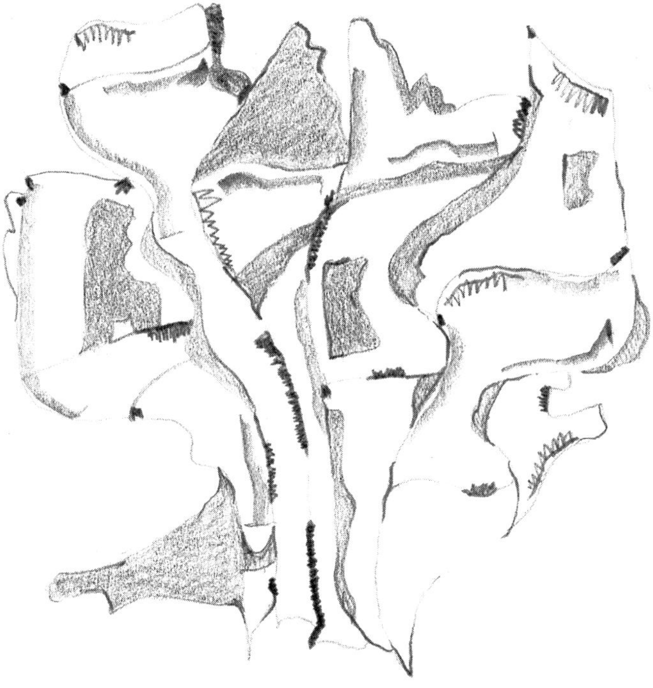

Nähe der Verrücktheit: Wenn wir Fremde wie Freunde ansprechen wollen.

Wer Frauen gerne und lange anschaut, hat sich von ihnen verabschiedet

Ist der Staat eine riesige Melancholie?

Kaum können wir etwas Erschlichenes in etwas Erlaubtes umwandeln

Wie ungeheuerlich es ist, daß wir über unser eigenes Leben lachen können; man versteht sofort, wie wohltuend der Ernst ist.

Er saß am Strand und schaute auf das Meer. Er hörte dem Rieseln der kleinen Ufersteine zu, und nach einiger Zeit bemerkte er, daß er nicht mehr unterscheiden konnte, ob das Geräusch des Rieselns innerhalb oder außerhalb seines Kopfes entstand. Momentweise glaubte er, ein Teil des Ufers geworden zu sein.

Für keinen einzigen Gedanken gibt es eine Bestätigung

Etwas ganz Trauriges: Erkalteter Glanz

Wenn er sich verkommen fühlte, zeigte er seine gute Erziehung.